KB062268

하늘을 날고 싶다고
비행기가 되고 싶진 않잖아
새가 되고 싶은거지

별 볼일 없는 독백

펴낸날 2024년 05월 24일

글   문사무엘
사진   문사무엘
디자인 문사무엘
펴낸이 문사무엘
펴낸곳 비오브제
ISBN — 979-11-987812-1-5

Contact
Instagram   @sampers0n
e—mail   babomuel@naver.com

별볼일없는 독백

별 볼일 없던 내 인생에

별 볼 일 없이 대우 받던 과거들이

내가 별 볼 일 없는 사람이라 생각하게 만들었지만,

나는 그것들에 휘둘리지 않고

그것들을 뒤로한체

내가 좋아하는 것들로만

인생을 채우다 보니

일련의 이야기가 되고,

내 인생은

어느새

충분히

아름다워졌다.

가끔은 대충 살기도 하자.

피곤하잖아.

부탁의 말

이 책을
보실 때,

천천히
아주
천천히
곱씹어 주길
바라는
마음.

돌이켜
보면
나는
너무
많은
이해를
하려고
했다.
그냥,
이렇게
생각할걸.

"그래서, 뭐
어쩌라고"

[...]

저기요.

그걸 아셔야 해요.

전

돈, 명예

이런 진부한 것들보다

그냥

나로 살고 싶은 거라고요.

수 없이
흔드는 바람이
야속해

메마른 땅에
잠을 자도
어두운 밤 곁을
지켜주는 별이 있으니
나는 괜찮다.

뜨거운 햇볕이 깨어나
메마른 시간이 계속되도
물을 주는 구름이 있어
나는 괜찮다.

뿌리가 썩어 아파져도
버틸 수 있게 하는 흙이 있어
나는 괜찮다.

언젠가 나도
필 날이 있겠지.

사람들은
별을
보고 싶다면서
밤에만
빛나는 게
별인데
밤이
오질 않길
바라는지
등불로
길을
밝히고
있다
.

나이 드는 게
좋다고
생각이 들 때가
내가
올바른
방향으로
가고 있다는
확신이
들 때였다.

10대엔
부모를
위해
살았고
,
20대엔
회사를
위해
일했고
,
30대엔
나를
위해
일하며
살고
있다

인간의
본성과
추악함을
알게되면
집단이
만들어낸
울타리에
벗어나지
못하는
정신적
스트레스로
망가지기
시작한다.

관계는
깊어질수록
설명 없이
헤아려야
하는데,
깊어질수록
설명 없이
파헤치려 한다.
그게
문제다.

우리의

문제는

없는

문제를

만들어

자책한다는

것에 있다.

배려 없던
관계는
늘
끝이
보였다.
목적 있는
관계는
늘
맺기
어려웠다.
모순적인
관계는
늘
구분하기
어려웠다.
그래서
난
늘
외롭다.

변함없이 그 자리에 있고 싶은데
마치 그게 발전이 없는 것처럼
느껴질 때가 있어
마치 내가
도태되고,
뒤처지고,
파괴되고,
소멸되는
것 같거든.
변화와 발전은
다른 건데 말이야.

지금의
상황을
후회하고
창피해하지 말고
지금의
상황을
만든
지난
과거를
후회하고
창피해하라.

도망치고 싶던 세상에서
뛰쳐나와도
다른 세상에서
같은 고민을
안고 살아갈 거야.

길 막히면
네비는 길을 바꾸는데
희한하게
도착시간은 비슷해.
그러면서
알게 돼.
GPS가 없으면
안되는
의존적인 삶에
살아가고
있다는걸.

모든 관계는
그리는 것과
같아.
흰 바탕에
시작은
쉬운데
,
그려진 곳에
덧 그리는 일은
쉽지 않아.
나에겐
지금
빈 캔버스가
없어.

세월에
휩쓸려
자유를 잃고
사람에
휩쓸려
생각하는
방법을 잃는다.
늙어
지킬 것이
돈뿐이라는 게
(…)
빼앗길 것이
돈뿐이라는 게
(…)
얼마나
불쾌하고
불쌍한가.

아무것도
생각이 나지 않는
나른하고
지루한 일상에
쓸모 있는 것들을
찾아내면서
나름의 규칙을
가지고
만드는 것들이
나를
세상에서
제일 쓸모없는
사람으로
만들기도
한다

사는 게
여행이라면
난 늘
같은 곳에
오래도록
머무는
이방인,
장기 투숙객이
되길 원해
너넨
그냥
패키지여행
같고

비는 말이지
구름 곁을 떠나면
잊혀지는 게 순식간이야.
평생을 구름에 가려
점이 되고 선이 되려 했지만,
결국 바닥에 남은 흔적 정도 되려나.

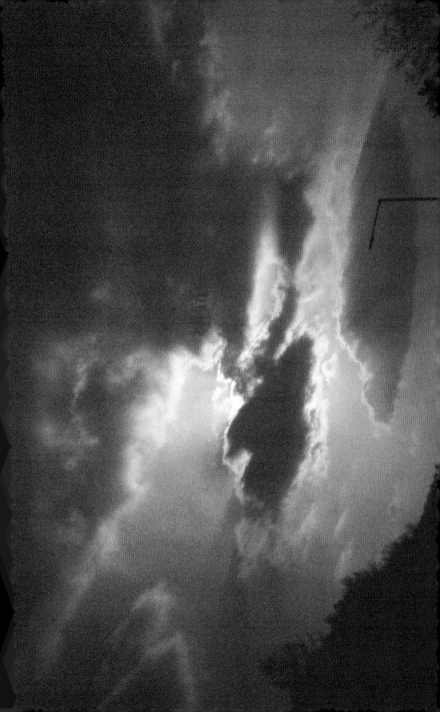

사람들은 너무 현실에 목숨 건다.
나는 인생에 목숨을 거는데 말이야.

안정적인 것들을 추구하는 이에게.

우산을 핀 자리에

비가 들이치지 않을 거란 보장이 있습니까?

하늘을 날고 싶다고 비행기가 되고 싶지 않잖아.
새가 되고 싶은거지.

바다에게도 꿈이 있다면
모래 위를 걸어보는 게 꿈일 거야.

아! 비둘기도 날 수 있었지.
굳이 날 필요가 없었을 뿐이지.

여행을 하면서 이런 글을 본 적이 있다.

섹슈얼리티가 선택이라면,

여자가 남자를 사랑하는 게 당연한 걸까?

시간은 금이라면서요.
그래서 시간을 사려 돈을 벌다 보니
어느새 시간이 사라져 버렸죠.
시간은 돈으로 살 수 있는 게 아니라
지금의 시간이 금 같은 시간이라는걸,
돈 주고도 살 수 없는 시간이라는 뜻이란 걸
이제야 알 것 같아요.

세상을 살면서 필요한 것 두 가지를 고르라면,
나를 믿어주는 사람 몇 명.
그리고 귀여운 강아지 한 마리.

땅을 멀리하던 잠자리도 땅과 가까워지고
여름내 괴롭히던 잡초들도 서서히 쓰러지네
어느새 아침은 늦게 오고, 밤은 빨리 오니
짧아진 낮을 따라와 피기 시작한 코스모스가 보이는구나.

아 또 이렇게 가을이 온 건가.

나는
흔들리는 꽃보다
우두커니 버티는 나무가 되고 싶다.
흔드는 바람보다
흔들리는 잡초가 되고 싶다.
꽃밭에 핀 꽃보다
들판에 핀 꽃이 되고 싶다.
난 그냥,
늘 그렇다.

차가운 바람과 뜨거운 햇볕이 공존하는 날씨에 어김없이 비바람이 불어와, 바람결에 따라 함께 흔들리는 꽃 무리의 잎들이 하나같이 흩날리고, 굳건히 버티는 나뭇잎도 떨어지기 시작하네. 바뀌는 것들이 있으면 누군들 흔들리지 않을 수 있을까.

계절이 바뀌는 이맘때쯤 나도 흔들리고 생각이 많아져 밤이 오길 기다리곤, 찾아온 어둠의 바다에 누워 숨을 쉬며 찬 공기에 입김으로 구름을 만들고, 구름을 도화지 삼아 별들을 따라 그려보는데 이때 아무 소리도 들리지 않는 것이 나의 음악이고, 아무것도 보이지 않는 것이 내가 원하는 풍경이었다.

결국, 이 상태의 답은 늘 너로 인해 나로 끝나는데, 흔들릴 수 있어도 변하지 않는 것은 나의 본질이니 너로 인해 늦어져도 돌아갈 순 있지만, 결코 가지 아니하는 일은 없을 것이다.

이런 생각을 해봤어.

모든 날들이 늘 봄과 같을순 없을까.

그러면 또 여름과 겨울이 그리워 지려나.

사실 난
여름도 좋고 겨울도 좋은가봐.

모든 것들의 이유와 변명거리만 찾고 있지. 시간은 흐르고 시계 초침은 움직이기 시작했으니 말이야. 조금 더 솔직해질 필요가 있어. 나 자신을 속이면서까지 살 필요는 없잖아. 휩쓸려 표류해버린 것보다 고장 난 시간에 사는 게 더 행복하거든. 묵인하고 외면하는 것, 미필적 고의로 낭비된 인생.

삶은 늘 치열하게 올라가고
걷고 뛰길 반복하는 일이라고 생각했는데,
사실은 늘 같은 자리에서 묵묵히 살아가는 것,
살아지는 것과 달리 타협하지 않고, 섞이지 않으며
꿈을 좇으며, 꿈을 포기하지 않는 게 삶인 것 같아.

지구가 멸망해도
나는 배를 타고
우주를 여행할 거야

무얼 생각해
누워 별 이나 보자

매일 밤 피고 지는 꽃
주름진 하늘에 숨어
과거에 머물고 빛나는
저 별만 바라보자

매일 밤 지는 꽃
내일 밤 다시 필지 모른 체
내일의 과거를 알지 못한 체
그저 아무 생각 없이 오늘은
누워 별 이나 보자

내일의 난 오늘의 나와 스치듯 지나가고
한 치 앞도 모르고 살아가기에
내일의 나와 마주칠 수 없다

매일 버티며 살아가길 반복하며
괜찮다는 말만큼 잔인한 말이 없다는 걸,
잘 될 거란 말만큼 무책임한 말이 없다는 걸
매일 깨달으며 살아간다

지금 쥐고 있는 이 모래 알갱이들은
손을 펴는 순간 흩어질 텐데
나는 왜 이 순간도 최선을 다하며 살아가는가
아마도 정답이 없는 것들의 정답을 찾을 때까지
내일의 내가 어떻게 될지도 모른 체
치열하게 살아가겠지

인생은 채움과 비움의 연속이며,
주체적인 삶을 살아가려 노력하고,
정답은 없고 해답만이 존재하기에
결과가 아닌 과정 속에 머물러야 한다.

있잖아

차를 타고 가고 있자면

높은 건물이 보이고

푸른 초원이 보이고

맑은 하늘이 보이고

밤엔 별도 보이고 달도 보이고

파란 밤도 보이잖아

근데 차를 타고 있어서 너무 빨리 지나가

그래서 가끔 걷고 싶어

아주 작은 부분부터

행복한 것들을 느끼고 싶어

지금 시간이 너무 빨리 흘러가

분명 지금 이 차에서 내리지 않은걸

나중엔 후회하게 될 거야

눈이 오면 눈사람을 만들고 눈오리를 만든다.
무언가의 변화에 반응하고 곧장 새로운 것들을 만들어
버리곤 한다. 대다수가 반복되는 것들에 예민해져 유행에 물들어 가
기 시작한다. 본래 눈은 눈일 뿐인데 말이야.

뒤덮인 눈 중에 외면받아 밟히고 밟혀 뭉개진 것들이 얼음이 되고,
더욱더 단단해지기도 한다. 물들지 말고, 나의 계절에 살며, 외면받
아도 더욱더 단단해져야 한다.

그게 아마도 버티는 것, 일종의 방법일 것이다.

머무를 수 있는 유일한 계절에
꽃대가 얇은 꽃에게 비극은
차가운 공기와 비바람일 것이다

조용히 가만히 숨을 쉬고 있자면
고통과 행복이 공존함을 느낀다.
살아지는 고통과 살아있는 행복의 공존을.

살아지는 고통이 살아있는 행복을 삼키지 않게
아주 조심스럽게 숨을 내쉰다.
숨을 한번 내쉴 때마다 시간은 흐르고
매번 다른 현실에 마주한다.

우리는 늘 고통과 행복을 오가는 삶을 살아간다.
때론 행복이 고통을 삼키고,
때론 고통이 행복을 삼키는 것처럼.

어쩌면 삶이란,

행복이 고통에 삼켜지지 않게,

행복이 삶의 절반에서 딱 1만큼만 많게끔

버티고 있는 것일지도 모르겠다.

아무것도 아닌 존재를 인정하는 순간,
아무것도 아닌 것들이 얼마나 소중한지 알게 된다.

가치를 찾다 보면 길을 잃지만,
존재를 인정하면 길을 찾는다.

가치를 찾다 보면 남을 존중하고,
존재를 인정하면 나를 존중한다.

그렇게 시간이 지나면,
아무것도 아닌 내 존재가
얼마나 소중한 존재인지 알게 된다.

무채색
색을 섞어
무슨 색이 될지 모르는 체
아무 색도 아니게 되고,
만일 어떤 색이 된다면
본연의 온전한 나의 색으로

지금 나의 색을 고르라면 검은색과 같을 거야
나는 하늘색이 좋은데 여기저기 물들고 섞여버려
어느새 검은빛을 발하기 시작했어

가끔 무의식중에 바탕을 흰색으로 칠해버리고
좋아하는 색들을 하나씩 칠해보니 그 색에서 발하는
아주 미세한 색감의 소중함을 느끼게 됐어

그래서 자주 내가 좋아하는 색들을
하나씩 하나씩 칠해보곤 하지만
내가 원치 않는 색들이 칠해져 섞여 버리더라고

그래서 나는 늘 잘 섞이지 않으려 노력해
나는 내가 좋아하는 색들에 대해 잊지 않고
[...]

[...] 오랫동안 기억하고 싶어

큰 파도에 휩쓸려 떠내려 온 이곳에서도 역시나 떠다니는 구름을 보거나 불어오는 바람의 결을 느낄 수 없었다. 온몸이 젖어 축 늘어진 옷가지를 여미고 걷는 걸음은 무겁기만 하다.

마르지 않은 이 옷 때문일까 싶어 벗어던지려 해도 어떤 시선과 수군거림이 두려워 그저 걸치고만 있을 뿐이다. 늘 그렇다. 휩쓸리는 일반적인 삶은 보다 덜 변칙적이고 반칙적인 길을 알려주기에 나는 또 안정적인 것에 취해 젖은 옷가지를 여미고 길을 걷는다.

소란스러웠던 계절이 지나가고
삶의 채움과 비움이 반복되는 것처럼
조용히 반복의 계절이 찾아왔다.
소란하고 차가웠던 계절의 바람결에 부딪혀
아프다고 울었지만, 반복되는 계절은
어느새 무딘 감각을 가져다줬다.
이젠 아무 일도 아닌 척할 수 있는 건
단 한 번의 계절의 그리움을 안고
찾아오는 반복의 계절 속에
다시 찾아올 따듯한 봄날을
내심 기다리고 있어서 아닐까.

요즘 나의 계절
나무에 붙어 나무를 지키던 나뭇잎도,
거리를 아름답게 만들었던 꽃도,

계절이 바뀌고 바람이 전해주던
따스한 숨소리와 속삭임이 날카롭게 변해
시들어 버리고 거름으로 사라진다.

바람의 숨소리와 속삭임을 듣지 못해
움츠리는 법밖에 몰랐지만
시간이 지나 바뀌는 계절과
바람의 숨소리를 들을 수 있게 되었다.

따스한 햇빛과 바람의 속삭임을 기다리고,
차가운 바람을 보내기 위해 움츠린다.

꽃이 피고 지는 것처럼,
나뭇잎이 낙엽이 되는 것처럼,
이것 또한 지나가고 그것 또한 다시 오리라.

파도는 바다가 되고 싶었고
바다는 파도가 되고 싶었어

파도는 흐트러지고 부서져도
돌아갈 곳이 있었고
바다는 흐트러질 수 없었어

사는 게 늘 그렇잖아.

과거가
그리운 건
되돌아
가지
못하기
때문이야

어쩔 수 없잖아.
그래서
그리움의
감정은
어쩌면
우리가
느끼는
감정에서
제일
고통
스러운 거라고.

과연
너와
내가
아무
조건 없이
공전할 수
있을까
,

우주가
바다로
가득 찬다면
그때서야
소설 속에
이야기를
사실이었다고
말할 수 있을 거야.

사랑의 일부는
정성껏
진심을 다해
나를 속이는 일이야.
왜냐면,
사랑은
'타이밍'
이니까.

사람은
무결점을
위해
살지만
,
사랑은
늘
미결
상태
라는게
의문이야
.

콩국수   6.~
잔치국수   5.~
김밥   3.~
컵라면   3.~
콩국   3.~
옛날팥빙수   5.~
경주지제짐   10.~
단팥죽   5.~
생수   1.~
음료수   1.~

음악은 나에겐 책이고
목소리는 글이야.
넌 내가 그린 그림이고
근데 우리를 기록하는 건
글도 그림도 아니야.
우린 흑백영화처럼 살자.
때묻지 않고 티 안 나게 말이지.
난 그러고 싶어.

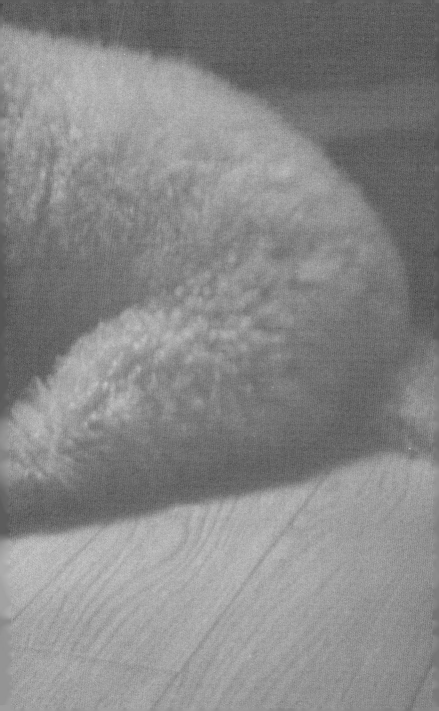

한없이 채우고 비워지는 달처럼
한없이 그곳에서 빛나는 별처럼
한없이 한곳만 바라보는 등대처럼
파도에 휩쓸리지 않고, 바다 위에서 춤을 추는 배처럼
뜨거운 해에 등 돌리지 않는 해바라기처럼
수많은 선택 중 나를 선택하고 바라보는 너처럼
너를 사랑하고,
살아가고 싶다.

춤을 추던 나무도
비틀 거리던 꽃들도
끝이 보이던 계절에
모든 것들이 좋았다고
흔들리고 비틀거려도
그때가 좋았다고

사랑을 모르면 시작하기 쉽고
사랑을 알면 시작하기 어렵다

고통을 주지 않는 것이 사랑일까
고통을 참고 견디는 것이 사랑일까

빛나던 별빛도
보름달이 뜨자
어디론가 숨었네
달빛이 가시면
별빛이 다시 빛나고
별빛이 가시면
별자리도 가시니
별에게 겨울이라면
달에겐 봄이었다

해가 지고
누군가 놓아놓은 다리를 건너면
무언가 다른 세상이 있을 것 같아
마치 밤 하늘에 별을 보기 위한 것 같아

근데 다리를 건너지 못하고
매일 밤 하늘의 별만 보고 있잖아
이 별은 늘 그래
이별은 늘 그래

사랑이란 그런 거래,
모든 계절을 겪어보고 지지 않는 꽃이 되는 거래.
나무에도 꽃이 피면
꽃이 질까 두려워
초가을 나뭇잎 같은 처지가 되고
언젠가는 계절이 바뀌면서
꽃은 시들어 버리잖아.
어떤 계절이 와도
모든 계절에 치여도
지지 않는 게 그게 사랑이래.

진실된 사랑의 일부는
타원형처럼 공전하며
간격을 오랫동안 유지하고
기틀을 만들어 재료에 신경쓰고
원칙을 지킨다.
거짓된 사랑의 일부는
갑과 을을 자처하며 시작하고
모든 것을 줄 것처럼 얘기하고
삶의 전부인 것처럼 대화한다.
극한의 사랑은
희망과 절망 사이에 존재하고
사랑과 희생의 정도를 얘기하며
변화에 대한 갈증에 대화하고
함부로 끝을 가정한다.

착각은 늘 그래요.
멀리서 봐야 보여요.
감정은 늘 그래요.
시간이 지나봐야 알아요.
사랑은 늘 그래요.
착각의 감정이 뒤섞여
삶의 모든 것을 빼앗고
뒤늦게 깨닫게 돼요.
삶은 늘 그래요.
잘못된 걸 고치려 하니
한발씩 늦어요.

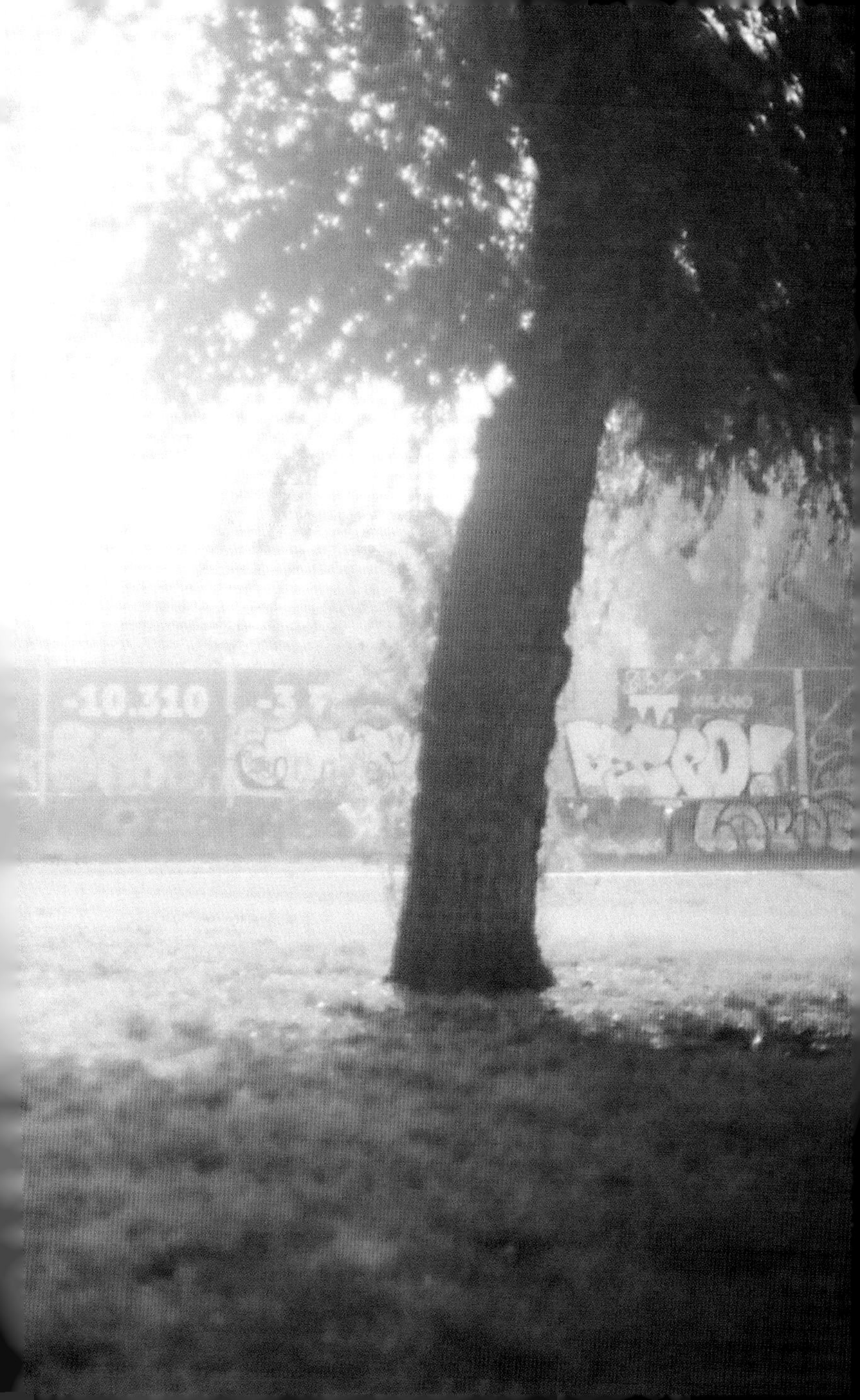
-10.310

기다림에도
정거장이 있다면 좋을 텐데,
비가 내리고 바람이 불어도
기다릴 이유가 있을 테니 말이야.
사실 나는 알고 있어,
바람이 불고
비가 오면 찬 공기가 새벽에 찾아와
좋은 날의 흔적을 지운다는 것을 말이야.
나는 알고 있어,
바람이 불고 비가 오면
머지않아 꽃이 지고 핀다는 것을 말이야.
나는 기다리고 있어.
꽃이 피고 지는 이곳에서 말이야.

얕은 물결의 파도도 모래에겐 흔적으로 남겠지.

수없이 많은 별들이
모두 빛나지 않고
별이 수놓은 밤들은
모두 빛나던데
수없이 많은 별들이
나를 떠나가도
별이 수놓은 날들이
나를 살게 하네
그저 난
살아가고 사랑할 뿐

꽃이 피고서야 봄인 줄 알았네
잠 못 이루고서야 여름인 줄 알았네
낙엽이 지고서야 가을인 줄 알았네
바람이 불어서야 겨울인 줄 알았네
모든 계절 겪고서야
지는 계절이라는 것을 알았네

저 먼 곳의 아름다움은
먼 곳에 있을 때에만 아름답다
멀리서 보면 희극이지만
가까이서 보면 비극인 것처럼,
아름다움을 가까이 두고 싶은 건
인간적 본능이고
인간은 본능적으로
희극보단 비극에 끌린다는 것이다.

꽃병에게
시간이 꽃을 시들게 하였는가 물었더니
시간이 꽃을 시들게 하기보다
꽃병에 가득찬 물이 고여
꽃을 시들게 한다고 대답했다.
사랑은 항상
새로 피어난 꽃을
좋아하는 것처럼 하는 게 아니라
시들지 않게
늘 돌봐주어야 하는 게 사랑인가 보다.

그리움은 순간의 감정이라
자주 기억하지 않으면 잊혀지기 마련이고,
익숙함 속 지루함은
새로운 것에 대한 갈망의 싹이 트이기 시작하는
일종의 마음의 병이다.

그런 마음의 병이 도져
설렘을 찾기 위해 과거를 찾고 잊기를 반복하다 보면
익숙함 속에 숨은 설레는 감정을 찾을 수 있다.

그렇게 과거에 살기를 반복하면
꽤나 어른이 되고, 현재에 살게 된다.
근데
그게
아마도
과거를 등지게 된
낭만을 잃은 시점일 수도 있다.

물결은
햇빛을 머금고
구름에
가려진 날에
가시 돋친 말들을
내뱉고서야
그날의 햇살을
떠내보내네

때론 뜨거운 햇빛도
때론 따가운 물줄기도
때론 불어오는 바람도
그건 아마도 일종의 사랑이었네

무채색이던 나에게
사랑이 피어나기 시작하고
사랑이 식어가기 시작할 무렵
파도에 떠내려 온 모래알들로
만든 모래성이 무너지는 순간에
나는 알게 되었네.
어느새 나도 모르던 내가 되어
아무 색도 아니게 되어버렸다는 것을.
이젠 돌이킬 수 없는 내 색을 알아가고
사랑해 주려 하네.
그렇게 나는 사랑이 시작된 그곳에
머무르고 또 머무르네.

날이 좋아 길을 물어 걷게 하고, 사뭇 다른 길을 걷자 하니 금세 내게 날씨가 바뀌어 또다시 방향을 바꾸게 만드네. 걷다 보니 어느새 다다른 물가에 미세한 기울임에 흐르는 물의 결에 빠져 멍하니 바라보고 있자니 금방 사라지는 것을 보아 모든 것이 일말의 흔적에 지나지 않음을 알아차렸네. 아마도 그건 바로 사랑이었네.

우리 멈추지 말자 언젠가 떠날 걸 알지만,
우리 멈추지 말자

나는 요즘 집을 나서지 않는 사람인데, 날이 좋아 보여 길을 나섰어. 근데 갑자기 비가 막 쏟아지더라. 억수로 쏟아지던 빗줄기에 피할 곳 없어 처마 밑에서 지켜만 보고 있었는데 움푹 페어 버린 길 위에 빗줄기는 금세 쌓여 물웅덩이가 되더라고. 소나기였던지 비가 금방 그쳐서 길을 나서려는데 발이 젖어 걷지 못하게 물웅덩이가 너무 많더라. 그리곤 생각했어. 또 비가 오는구나. 내가 길을 나설 때만 비가 오는구나. 나는 아직도 마른하늘에도, 좋은 날이 계속되어도 우산을 챙겨. 상실에 대한 걸 생각하면서 말이야.

우리 사이의 공백은 넋 없이 허물어진 것 같아. 울렁이던 밤 하늘에 온전치 못한 마음이 겨우 쌓아놓은 흔적들을 무너지게 만드는 것만 같아.

형형색색 물들어 변하는 것에 대해 실감하기 시작하는 시간, 조금 쌀쌀해지자 변하는 색과 쏟아져 버리는 일은 자연스러운 일인데 아직도 적응이 필요해.

어쩌면 어두운 밤, 짙게 드리운 그림자와 차가워지는 날씨가 찾아오는 시간은 모든 것들을 '잃게 만드는' 시간 같다는 생각을 만들어 그런 걸까, 그렇게 우린 실감하는 계절과 온도를 겪잖아. 좀처럼 따스해지는 날이 올 때면 분명 그건 그림자가 걷히고, 아침이 오고 나서야 따스함을 전해주는 이가 찾아와서 일 거야.

어떤 밤의 안녕은

무수히 보이는 별이

어떤 밤의 안녕은

어둠에 가려진 별이

어떤 밤의 안녕은

어둠에 익숙해져 보이는 별들이

그런 모든 밤은

모두 안녕히

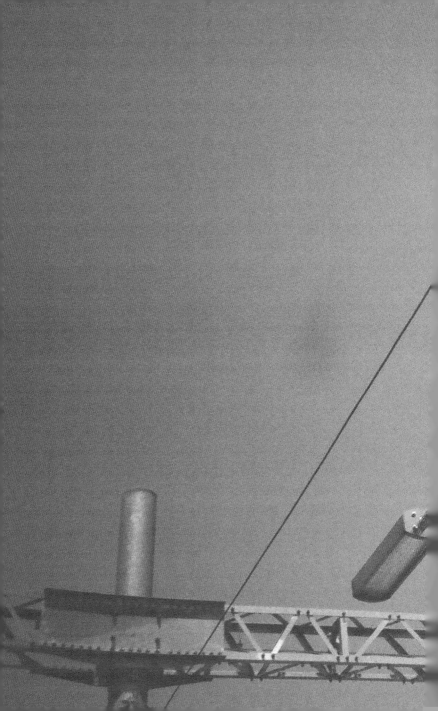

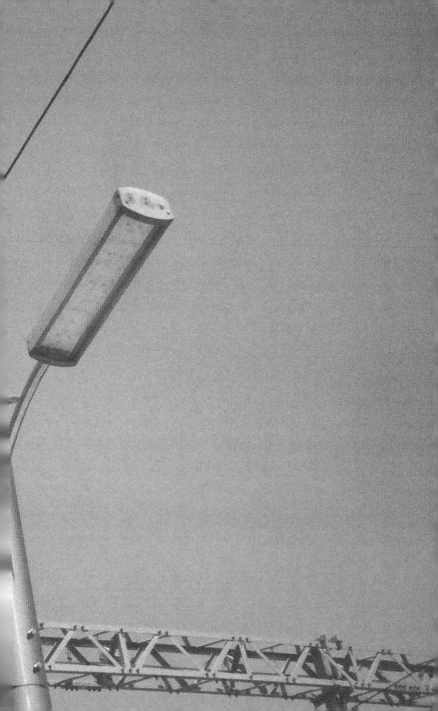

모든
예술은
빛이
들지 않는 곳
에서
빛이 보이는
사선에서
시작
된다.

모든 게
엉망이야.
관음하고
모방하는
모조품
으로
치장한
그리고
그것들을
찬양하는
병든
사람들.
왜 세상에
모든
진짜는
텅 빈
방 안에
홀로
서서히
죽어가는가.

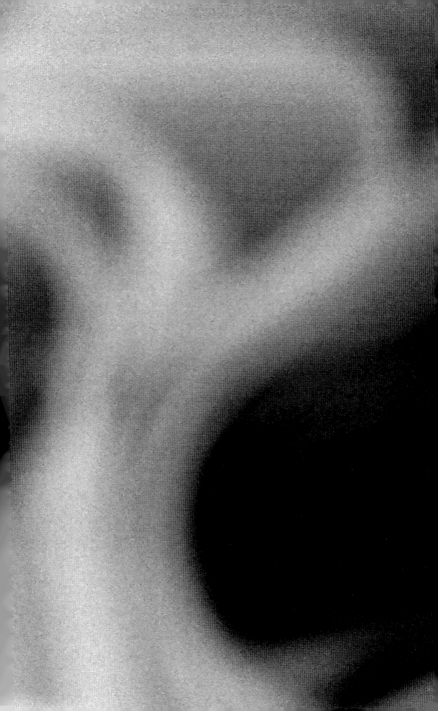

여행을 기억하기에 제일 좋은 건 사진인데, 사람을 기억하기에 글이 제일 좋더라. 근데 요즘엔 자꾸 그리고 싶어. 예전에도 그랬는데, 요즘엔 더 그리고 싶어. 많은 사진은 없어져 버리고, 글은 기억하기 힘들더라고. 근데 그리고 있자면 과정들이 너무 행복해. 그저 그런 하루 중에 좋았던 1초를 기억하기 위해 살아가는 것보다 좋았던 대부분의 시간을 기록하고 싶어.

눈을 감으니 펼쳐진 검은색 바탕의 도화지에 나는 초록색 잔디를 그리고, 아주 작은 집 하나와 일을 할 수 있는 낡은 차 한 대, 강아지를 그려놓았다. 이거면 행복할 줄 알았는데, 나는 또 어느새 작은 강도 만들고 나무도 한그루 심고 꽃들도 그렸고, 내가 좋아하는 사람들만 그려놓기 시작했다. 어느새 빼곡해져 그릴 데 없는 도화지와 다르게 어딘가 비어있는 듯한 느낌이 계속 들더라고.

뭐.. 그래서 행복은 빼곡하고, 가득 찬 것과는 다른 감정이란 걸 깨닫게 된 것 같아.

난 지금 여기 있는데
지금 파리의
시계만 보고 있어
난 지금 여기 있는데
지금 로마의
날씨만 보고 있어
아마
난 지금
과거에 살고 있어

여행은
잊혀지고
잊기를
반복하는
일이야.
그냥
똑같은
파일 제목을
계속해서
덮어쓰는
것 같아.

나는 네가 나와 다른 점을 사랑해
이곳에 있으면 난 특별해진 것 같거든
거친 바다를 등지고
지는 해를 바라봐
지고 있지만 여전히 빛나잖아
네가 주는 밤은 여전히 특별해
해로운 것들이 생각나지 않거든
가끔은 나와 다른 곳에서
시들어 가고 싶어
아주 고통스럽지만
행복하게 말이야

여행에서 가장 어려운 건 고독과 고립을 구분하는 일이고, 외로움과 이익집단 중간에 존재하는 것이다. 나로서 온전한 시간도 중요한데, 사람과 너무 동떨어지면 지하를 뚫고 들어가 버리기도 하니까 그곳 어딘가 중간쯤 자리 잡고 시소놀이를 해야 하는데, 그게 정말 어렵다.

파리가 누구에겐 사랑이고,
누군가는 로맨스를 꿈꾸고,
누군가는 낭만을 꿈꾸는 곳이겠지.

근데 로맨스고 낭만이고
모든 여행의 기본 원칙은
우연인 '척' 다가가는 것이고,
최악에서 최고가 되는 건
한 끗 차이인 것 같아.
아, 결국에 여행에서 남는 건
또다시 사람이구나.

삶은 늘 나에게
무엇이든 알려주었지만
인생은 늘 거짓과
거짓이 난무했고
난 늘
거짓에 속고
거짓을 믿었다
거짓과
가짜가
너무 많아서
가끔은
도태되고
과거에 머문 것들이
너무 사랑스럽고
귀하다.

지나간 시간은 나를 찾지 않고,
지나온 시간은 내가 찾는다.
지나간 시간은 스치듯 지나가고,
지나온 시간은 흔적이 남는다.
지나간 사람은 나를 찾지 않고,
지나온 사람은 옆에 남아 있다.

주차금지
어린이 보호구역[어...]
골목 안 흰선안 주차가능

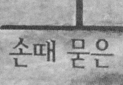

손때 묻은 이

가게

야기가 머무는 곳

휴게음식점

별 볼일 없는 독백 끝.